あなたの目に私は映らない

腰山ひとみ
Hitomi Koshiyama

文芸社

あなたの目に私は映らない

● 目次 ●

二、壊れていく圭三の記憶

春の日差しが降りそそぐ暖かい一日でした。

「今日も電柱にたくさんの人が居る」

圭三は、嬉しそうに電柱を見上げています。

プロローグ

「あなた、すごい大根ですね」

圭三《けいぞう》が作る大根は、すぐに煮える、味がよく染みるほんとうにおいしい大根です。

「畑は、たくさんの大根が出来ているよ」

「そんなにたくさん食べられませんよ、五本くらいでいいですよ」

「種が一袋にたくさん入っているから、まいているだけだよ」

「でも、お父さんの大根は、あなたのお父さんが作ったのよりおいしいわ。あなたのお父さんのは、一時間煮ても、やわらかくならなかったわ。あなたのお父さん、大根作りだけは、いまいちでしたね」

はるみは、ふふっと笑いました。

はるみと圭三は、少し年の離れた夫婦です。

圭三は、若いはるみの事が大好きでした。

「オレの作る大根は、おいしいだろう」

圭三が定年退職後に趣味で始めたのが畑仕事でした。

圭三は、雨の降らない日は毎日毎日、田舎に行き、たくさんの野菜を作っていました。

田舎は、圭三が生まれ育った地です。山、田、畑が広がる空気がきれいな土地です。圭三が生まれ育った家の敷地の近くには、広い畑地があります。圭三の父も母も亡くなり、生前圭三の父が野菜を作っていた想い出の畑で、再び、圭三が定年退職の後、野菜を作る事にしたのです。

降りそそぐ太陽で、顔も、うでも、真っ黒になっています。

今は、主婦と夫が反対です。

圭三が家を守る主夫です。

はるみは、外に出て働いています。

朝、はるみが仕事に行く時も、圭三に、見送ってもらいます。

今まで、はるみは、圭三が仕事に行く朝は、毎日、見送っていましたが、見送ってもらうのがこんなに嬉しいなんて、しみじみ、感じています。

圭三の一日は、忙しいようです。

朝から、台所に立ち、鍋で湯をわかし、スティック状のコーヒー、砂糖、ミルク全部が入った、甘いコーヒーを入れます。

コーヒーがあまり好きではないはずなのにこのコーヒーは、お気に入りのようです。

台所の換気扇の下で、味わってコーヒーを飲んでいます。

圭三にスイッチが入ります。

流し台の洗い物も、すばやく済ませ、食器を拭くのは、フキンではありません。圭三のお気に入りは、タオルです。

タオルを敷いて、その上に食器を洗って置いていきます。

それからお気に入りのタオルで、拭いていきます。

今まで家事をした事がないとは思えないような手際のよさです。

仕事をしていた頃の圭三は、ゴミ出しはもちろん、テーブルの上の物も、はるみが取っていました。ひと昔前の働くだけしか出来ない男でした。

「今日は暑くなりそうだから、大きな水筒だな」

ひとり言を言いながら、氷をたくさん入れて、お茶を入れます。

「オレから、畑を取ったら、何もないからな」が口ぐせでした。

家族の洗濯物も、圭三の担当です。

洗濯機を回すのもお手のものです。

かなりの枚数の洗濯物も、ひとりで干しています。

圭三が仕事人間だった時代は、野菜は、ほぼ食べない人間でしたが、この頃は、たくさんの野菜を作っていました。

はるみは、夜帰ると家にあかりがついているのが、こんなに幸せだなんて、圭三も働いている時は、こんな喜びを感じてくれていたんだと、感謝します。


ドアを開けるといい匂いがします。

「ただいま」

「あ、おかえり」

「いい匂いね」

「畑から収穫した野菜で、天ぷらにしたよ」

「お父さん、おいしそうですね」

はるみは、おいしそうに揚げられたかぼちゃの天ぷらをつまみ食いしました。

「塩をかけて食べるわ」

はるみは、かぼちゃの天ぷらには、ピンクソルトをすって振りかけました。

「ほくほくしていておいしいわ」

「畑に、かぼちゃも、たくさん出来ている」

圭三は、天ぷらはもちろん料理などした事もなかったのに、今では上手に揚げ物も出来ます。

かぼちゃ、さつまいも、ちくわ、野菜のかき揚げとシンプルな野菜の天ぷらが食卓に並びます。

「お疲れさま、かんぱーい」

二人は、冷えたグラスを合わせます。

圭三は、ビールしか飲みません。

はるみは、ビールでかんぱいした後、日本酒を冷やして飲みました。

おいしい天ぷらに、時が過ぎるのを忘れたかのようでした。

「お父さん、さつまいもの天ぷらもほくほくよ、まるで栗のよう」

「紅あずまだ」

「おいしいわ」

「かき揚げは、天つゆネ、もう、たまらなくおいしいわ」

天つゆにつけて食べました。


はるみは、思いました。

御飯もたけたら最高だと。ある日、圭三に言いました。

「御飯たいてみる?」

はるみは、洗って、水を測り、御飯のたき方を教えました。

圭三も、嬉しそうに聞いています。

しばらくすると、いい匂いがしてきます。

「すごいお父さん、上手にたけてるわ」

「うまくたけたようだな」

はるみは、このようにして家事を教えていったのでした。


はるみは思いおこしていました。

あんなに、元気な、何でも出来る圭三だったのにと。

今は、はるみも定年になり、仕事をやめる事になった時、圭三ははるみが家に居る事を反対しました。

そしてはるみは、圭三の家事をすべて奪いました。

日々は、少しずつ圭三の幸せを奪いました。

二人で居る家の中で、圭三の居場所がなくなりました。

一日一日と、圭三は、わからなくなっていきました。

車の運転もしなくなり、畑にも行けなくなり、圭三からの生きがいは、すべて、奪われました。

生きがいがなくなり、頭の中も、何もわからなくなっていきました。

一、圭三が圭三でなくなっていく

●モーニング●

はるみは、朝早くから、ごきげんでした。
大好きなモーニングに行く日です。
至福のひととき、モーニングがあるから生きていられると思う程、好きでした。
「お父さん、今日は、モーニング行きますよ」
今も圭三は、出かけるのが大好きです。
元気な時は、はるみが行きたい所は、どこでも車を運転して連れて行ってくれました。
ところが、はるみは、とじこもり派。
出かける事を楽しいと思いません。
昔は、出かける時よく喧嘩をした事を思い出しました。
はるみは、カフェで本を読んだりするのが好きです。
旅行も、観光には行かずにホテルで本を読んだりするのが好きです。
でも圭三は、はるみとは反対です。本は読みません。カフェも嫌いです。酒が飲める料理屋が好きです。

旅行に行っても、観光が好きな圭三は、夜遅くまで観光する為、ホテルに着く頃は、夜遅くなります。その遅い時間から料理を出してもらうという、まったく迷惑な客であったにもかかわらず、本人はまったくわかっていないという楽天家でした。が、今では、はるみのペースで行けます。

カフェの店員に、席を案内してもらっても、案内されたテーブルの椅子がわからないので、席につくまでが大変です。

「お父さん、ここの席よ」

「……」

「さあ座って」

「……」

目の前の席ここが見えているはずなのに、わからないようです。

今日は、ランチ並みのモーニングセットにしました。このカフェのモーニングサービスは、ランチ並みのボリュームです。大きなお皿に盛られたワンプレートです。色彩鮮やかな野菜も、隙間なく盛られ、山盛りポテト、ピザトースト、ヨーグルトとお皿一杯にボリュームたっぷりに盛られています。

こんなおいしそうなモーニング、目の前に並べられているのに圭三には、わかりません。

「おいしそうだわ、今日は、豪華ですよ」

圭三の目は、モーニングを、とらえていません。

「お父さんポテトよ、フォークを持って下さい」

はるみは、圭三の手に、フォークを持たせました。

「これがポテトよ」

はるみがポテトを指さしてあげてもわからないようです。

手を添えてあげて、ポテトにフォークを刺してあげると、圭三にも、わかったようです。

(ほんとうに疲れるわ)

圭三は、いろいろ、食べたりしません、ひたすらポテトだけを食べます。

「おいしいよ、毎日でもいいいな」

何もわからなくても、おいしさだけは、わかるようです。

嬉しそうな圭三の言葉にはるみは、ほほえみました。

二人には、何の会話もありません。

圭三は、ポテトを食べるとフォークを置きました。

お皿にある料理は、ポテト以外は、何も見えません。

はるみが食べるのをうらやましそうに眺めています。

(お父さん、やはり食べる物、ないと思っているのね)

圭三の心の中は、

(おいしかった)

もうこれでモーニングが終わりだと思っているようです。

「お父さん野菜サラダよ、色とりどりの野菜よ、おいしそうね」

「……」

(やはり何もわかってないのね)

手前に野菜サラダがくるように皿を回してあげます。

でも、わからないようです。フォークを持たせて野菜を刺してあげます。

圭三は、わかったのかわからないのかわかりませんが、再びサラダを食べ続けます。

野菜がテーブルに落ちても圭三には見えません(わかりません)。

はるみがナフキンで、落ちた野菜を拭いても気づきません。

(苦労がむくわれないとは、こんな事をいうのネ)

圭三は黙々とサラダを食べ続けます。サラダを見続けて、話す事なくサラダを食べると、
まだ、ほしそうな表情です。

料理は、これで終わりだと思っているのか、少し淋しそうです。

(こんな表情見せられて楽しいモーニング、食べた気がしないわ)

「お父さん、おいしそうなピザトースト、食べてないわよ」

「……」

圭三には見えません(わかりません)。

手さぐりしながらピザトーストを探しますが、皿のむこう側が見えません(わかりません)。

圭三の手にピザトーストを持たせてあげます。

でもわかりません。圭三には、ピザトーストが見えているのでしょうけど、わからないようです。たぶん、圭三の脳が理解出来ていないと、はるみは思っています。圭三と暮らす日々の中で感じています。圭三の目の奥が、物をとらえていないように、はるみには、見えます。

圭三とは、年が離れているせいか、以前は割烹料理店などおいしいものを食べに連れて行ってもらったのにと思いました。

はるみはハンバーガー、カフェでスパゲッティといった料理が好きでした。でも圭三は、そういった物は、食べ慣れていません。

食べに行く時は、いつも、アルコールがつきもののお店でした。

(あんなに美食家だったのに、これでは、今まで外食に行ったことがなく、まるで生まれて初めて外に食べに来たようね)

はるみは、ピザトーストを切りはなして、ひと切れずつ手に持たせてあげます。

圭三の目に、ピザトーストが見えているのか、見えていないのか、はるみには、わかりません。

なぜなら圭三の目は、ピザトーストを見ていますが、圭三の目の奥は、ピザトーストを見ていないようにはるみには思えるからです。

一口、口に入れると味は、わかっているようです。

「うまいな」

嬉しそうに、ピザトーストを食べ始めました。

それからも、二人に、何の会話もなく、モーニングは終わりました。

はるみにとって楽しいはずのモーニングなのに、本も読めず、ただ、圭三の世話だけに終わりました。

はるみの心は、悶々としていました。

「また来たいな」

（勝手な事言っているわね）


過ぎ去った過去を、ほんのひとときでもいいからとり戻してほしい。

私の頭の中は、戻ります。

二人で、楽しくモーニングを食べています。

皿の中の料理も圭三には、すべて見えています。

圭三は、ほんとうにおいしそうに食べています。

はるみの手助けなど、いりません、楽しく、はるみのモーニングの時間は過ぎていきます。

（ありがとう、幸せでした）

夢編

ランチ

夢の中の圭三は、まだ若い頃です。

スーツがとても似合うステキな男です。

昼前に圭三が突然帰って来ました。

「はるみ、ランチ行こうか」

突然帰って来た圭三にびっくり、嬉しそうなはるみです。

「仕事中じゃないの」

「仕事で、このあたりに来たんだ。どうせ、昼飯食べようと思っていたからさ」

圭三の乗る、スカイライン。

運転もとても上手。圭三の運転なら、安心して助手席に座っていられる。

二人は、ランチのあるカフェに行きました。

昔も今も、夢の中の圭三は、メニューは決められず、はるみが決めます。

「やっぱりトンカツ定食ネ」

二人が好きなトンカツ定食を注文しました。

揚げたてあつあつのトンカツが運ばれてきます。

「わあ、おいしそう、最初のひと切れは、塩ネ」

「サクサクだわ」

サクッといい音です。

「ほんとうだ、うまい」

「このお店のトンカツ、いつもおいしいわね」

「うまいな」

昔も今も、圭三は、あまり話しません。

二切れ目は、みそダレに、ごまをかけて食べました。

いつものように、はるみは味変して食べます。

「圭三クンも、みそつけてみて」

昔も今も、はるみは、グングンいきます。

圭三も、言われたように、食べています。

夢の中の圭三は、はるみの手助けなしで食べています。

御飯、トンカツ、サラダ、みそ汁、漬物と、片寄る事なく食べています。

「今日は仕事、どうだった」

「今日は、忙しいよ」

「忙しいのに、いいの」

「前を通りかかったからいいさ。はるみの顔も見たかった」

「あら嬉しい、朝、見たのに」

二人の会話も、かみ合っています。

こんな幸せ、ずっと続くといいのにと思っています。

食後のコーヒーも至福のひとときです。

はるみは砂糖を入れ、スプーンでかきまぜ、上からミルクをそそぎます。丸く円を描きながらコーヒーにまざっていくのを見るのも楽しみです。味も少しずつ、変化していきます。

(これこれ、この感じが、いいのよネ)


過ぎ去った過去を、少しの間でいいから戻してほしい。

私の頭の中は、戻ります。

二人でランチを食べています。

皿の中の料理も、圭三は見えています。

ほんとうにおいしそうに食べています。

はるみの手助けなど、いりません。

はるみのランチは過ぎ去っていきます。

(ありがとう、幸せでした)

●京都　紅葉●

秋も深まり、肌寒くなってきました。

「明日は、京都に行かない、少し散っているだろうけど紅葉の頃よ」

「そうだな。京都、行こう」


今日は、良い天気です。

京都は、はるみが大好きな場所です。

春は桜、秋は紅葉と、圭三とは数えきれない程京都に行っています。

圭三の元気な時は、京都といえば、嵐山でした。

嵐山にある、おいしい料理屋で、川の流れを眺めながらお座敷で、食事をしたものです。

いつしか、孫にも恵まれ、孫を連れて行ったものです。

店のおかみさんに、

「あら、お孫さん、出来たんですネ、可愛いこと」

と言われ、喜んだものです。

でも、今は、圭三は、車の運転が出来ないので、はるみの運転です。

京都は、一方通行が多い為、はるみは、京都の一番端、大原に行き駐車場に止めて、清水寺、嵐山、四条通りは、大原から出ているバスに乗って行きます。

「お父さん、大原に着きましたよ」

駐車場のおじさんに会います。

「こんにちは、駐車料金ね」

「ありがとう」

「お、久しぶり」

圭三は、嬉しそうです。

時々しか会わない、駐車料金を集めているおじさんなのに、圭三は、知り合いに会ったような、口ぶりです。

駐車場のおじさんは、困っています。

「さあ、お父さん、行きましょう」

道を歩くのも大変です。

圭三の目に、見えているのか、見えていないのか、はるみにはわかりません。

大原の坂は、歩くのには、いい運動になります。

圭三は、歩くのが大好きです。何時間でも歩きます。

でも今では、圭三ひとりで散歩も行かせられないので、圭三の心は、悶々としていると思いますが、我慢強い圭三は、そんな気持ちを、表情には出しません。

圭三は、嬉しそうに、流れる川を見ながら坂道を歩きます。

「お父さん、紅葉が綺麗ね」

「……」

（川を見ていたのに、見えていないのかしら）

時々、立ち止まっては、見ているのに、圭三の目に映っているのは、どんな景色なのでしょうか。

こんなに紅葉しているのに、圭三には、見えていないようです。

歩きながら、紅葉している葉を見る。流れる川も趣があります。

日々の介護のストレスも、流い流されるようです。

二人は、時々、立ち止まっては、開いているお店を見ます。

「漬物は、いかがですか」

「あら、おいしそうね」

「この漬物は、私が漬けたものです、おいしいですよ」

お店の人は漬物の説明をします。

お店の人との会話も、旅行の楽しみのひとつです。

でも、はるみは、この先の漬物店が、お気に入りなので、漬物店主とは、暫しの立ち話を楽しんだ後、再び、大原の坂を歩きます。

はるみは、時々立ち止まっては、紅葉の景色を写真に撮ります。

短い石段が見えてきました。

はるみは、考えます。

圭三に、どのようにして、目の前に石段がある事を伝えるかを。

見えるであろう石段も、圭三にはわからないだろうから。

「お父さん、石段ですよ。この手すりにつかまって石段、登って下さい」

はるみは圭三の手を取り、手すりに、つかまらせます。

はるみは、右手で圭三を支えます。圭三の右手は、手すりをつかみ、一段一段、登ります。

短いわずかな石段なのに、とても時間が、かかります。

「お父さん。いい運動ですネ」

「こんなの楽勝さ」

(呑気なものね)

石段を登った先に、料理店のショーウインドーが見えてきます。

食べたくなるような、定食の数々が並んでいます。この奥に、料理を提供するお店があります。

圭三と一緒なのでゆっくり食べる事が出来ない為、目でショーウインドーの料理を見るだけで通り過ぎます。

こんな大きなお荷物をかかえて、はるみが疲れるだけです。

目の前に広がる、まだ何段かある石段に、ため息です。

「お父さん、これからが大変ですよ」

「スロープで登りますか、それとも石段にしますか」

「何を言っているんだ。石段に決まっているだろうが」

圭三は登る気満々です。

「お父さん、手すりにつかまって下さい」

はるみは、圭三の右手を手すりにつかまらせます。

はるみの右手は、圭三の手を持ちます。

一段一段、ゆっくりと石段を登ります。

圭三は何もわかってないので、幸せそうです。

でも、はるみは、疲れはてていました。

「やっと石段を登りましたね」

「こんな石段、何のこともないさ」

(ほんとうに、何もわかってないのね)

店が並ぶ道には、木々が紅葉した小道が続いています。

「紅葉している木々は秋を感じるわね」

「……」

やはり圭三には、わかってないようです。

(お父さん、何もわかってないから、来た意味がないわね)

はるみは、石段を登った疲れより、心の疲れが、抑えられない程のストレスに押しつぶされそうでした。

店の人が割引券を配っています。

「割引券です」

でも、はるみはいつも、この先のお店で買い物をするので通り過ぎます。

少し歩くと、はるみのお気に入りの漬物店が見えました。

漬物が、店の外にも広く展開されています。

「おいしそうな漬物ね、どれも食べたい」

いつものように、店に並べられた漬物の数々を眺めながら、通り過ぎます。

はるみは、買う漬物が決まっています。

小さく切られた、漬物を買うのです。圭三は歯も悪いので、硬い漬物は食べにくく、こまかく切った漬物の方が良いからです。

(私は、硬い漬物、食べたいのに。あーあ、悲しい)

そんなはるみが、何年か前に、はるみのお気に入りの漬物をこの店で見つけたのです。

生姜の漬物としば漬けです。

とても、おいしいです。

御飯に載せて食べても、おにぎりの具にしてもおいしい。

はるみは、迷わずに二種類を選び、レジに並びます。

レジのお姉さんは、毎回、マニュアル通りに、案内してくれます。

「ありがとう、私、京都に来た時は、このお店の、この漬物が大好きで、いつも買って帰ります」

「そうでしたか。ありがとうございます」

いつ来ても同じ店員の案内を聞いて、なぜか、はるみの心は和みます。

やっと、はるみの心は、やすらぎます。

大原三千院の大きな門が見えます。

「お父さん、大原三千院行こうか」

「いいよ」

たぶん、わかっていません。

でも大変なのが、御殿門まで登る大きな石段です。

「お父さん、手すりをつかんで下さいね」

先程の石段以上に大変です、登った先にある、大原三千院の御殿門をくぐる足もとの高さのある木をまたぐのが、また大変です。

見えていない圭三にその事を伝えるのが大変です。

「お父さん、足もとに気をつけて下さいね、大きな木がありますよ。またいで下さいね」

やはりつまずきかけます。はるみは、圭三の体を支えます。

「お父さん、右足を大きく上げて下さい」

またいだ先も、まだあると思って、圭三は、大きく足を上げてまたぐように歩きます。

「お父さん、もういいですよ、平らな道ですよ」

なんでもすぐ忘れてしまうのに、こんな事は、なぜか忘れません。

圭三の頭の中が理解出来ません。

(こんな事だけは、忘れないんだから)

料金所で、二人分のお金を払い、靴を脱いで中に入ります。

ビニール袋に、靴を入れるのも大変です。

院内の壁には、大きな額に入った絵が掛けてありますが、ゆっくり見ていられません。

以前の圭三なら、立ち止まって、ゆっくり見ていたのに、今はわかっているのか、わからないのか、見ようともしないで、歩いて行きます。

廊下の所々で、また、高い木があります。

「お父さん、ここ、またいで下さいね」

「……」

「右足を高く上げて」

圭三は、右足を上げています。

「そうそう、そのまま、またいでね」

木をまたいだ後も、先程のように、平らな廊下を右足を上げて、まだ木があるかのように、またいでいます。

「お父さん、もう平らだから、そのまま歩いて下さいね」

はるみは、圭三の手を取り、進みます。

綺麗な庭が見えてきました。

「綺麗な庭ね、お父さん」

「……」

圭三の目は、綺麗に紅葉した景色を見ていないようです。

木々の葉が色とりどり、赤色、黄色と色を変えて、人々の目を楽しませています。

縁側でお茶とお菓子セットを楽しんでいる人、皆が色を変えた景色を楽しんでいます。

はるみも毎年、写真を撮りますが、今年も撮ります。

絶景の写真スポットは、占領されています。

スポットで写真を撮っている人は、何度も何度も撮った写真を確認しながら撮り直しています。

はるみは、後ろで見ながら、

（きれいに撮れているのに、満足出来ないのね）

待つしかありません。

やっと空いた場所に陣取りました。

(毎年、同じ景色なのに毎年見ても飽きないわね)

はるみは、木々の葉が、赤く色を変えているのを見ると、心が、ほぐれていくのを感じます。

また、葉が、黄色に色を変えているのも、心を休ませます。

暫しの間、景色に見とれた後に、写真を撮ります。

日々の、夫・圭三の介護の疲れが癒やされます。

「お父さん、見て、紅葉、綺麗ね」

「……」

圭三の目には、何が映っているのでしょうか。

はるみひとりが紅葉を楽しみ、その場所をあとにして進みます。

お守りなどを売っている売店も、ちらっと見るだけで、立ち止まる事などなく、進みます。

出口が見えてきました。木の階段です。

圭三には、見えていないだろうから、はるみにはとても不安です。

「お父さん、何段か、木の階段を降りますよ」

「……」

はるみは、圭三の手を手すりにつかまらせて、一段一段、ゆっくり降ります。

紅葉も、終わりかけているのでしょう。大原の小道を歩くと赤の絨毯を敷きつめたように、赤く色づいた葉が散っています。

はるみは、立ち止まり、その景色に、見とれます。

はるみは、写真に収めます。

少し歩いた先の池も素敵です。

赤色、黄色の紅葉です。

暫し立ち止まって見入ってしまいました。

気がつくと圭三は、先に進んでいます。

あわてて後を追いました。

再び、行きと同じ門まで戻ってきて、足もとの木の段差をまたぐと、帰りの階段は、降りるので大変です。

上りも大変なのに、下りはもっと気をつかいます。

「お父さん、気をつけて下さい」

圭三の手を取ると、圭三は、大きな声で怒ります。

「うるさい!!　手を離してくれ!!」

何もわからない圭三でも、心の中にプライドは、あるようです。

道行く人に対して、憤りを感じているのでしょう。

はるみは、以前、本で読んだ事があります。

何もわからなくても、悲しみ、苦しみ、怒りは、若い時のままだと、その本には書いてありました。

圭三の大きな声にも、周りの人は、聞かなかったようにして通り過ぎます。

振り向きもしません。

そんな人の優しさに、はるみは、なぜか、悲しみを感じます。

何度も階段を踏み外しそうになりながら、下まで降りました。


京都に来た時は、いつもあちこちと歩きます。大原の中に小さな寺が、いくつも、歩く先、歩く先にあります。圭三とはるみは、紅葉した木々に道案内されるようにいろいろなお寺を巡ります。

木々の紅葉は、どこか、淋しさを感じます。

木々の紅葉を見ていると、少しずつ、心が落ちついていきます。

(今年も、あと少しで終わるのね)

年々一年の過ぎ去る早さを感じていました。

夢編

嵐山

よく見ているような景色です。

夢の中で、はるみは、記憶を辿ります。


圭三とはるみは、嵐山に着きました。

圭三は、京都に来ると、いつも利用する駐車場に車を止めます。

「嵐山の桜は、毎年、綺麗ね」

二人は、嵐山の渡月橋を渡ります。

「おなかすいたわ、お昼食べない?」

「そうだな。お昼にするか」

二人は迷う事なく、いつも京都に来た時に立ち寄る料理店の門をくぐります。

京都らしく、門から店までの、小道になっているエントランスは趣があり、心が安らぎます。

小道を歩くこのひとときも、ごちそうのひとつに感じられます。

店に入るとお座敷に案内され、川の流れを窓から見ます。

毎年見る川の景色も変わらず趣があります。

湯どうふの鍋が置かれ、カセットコンロに火がつけられます。

「京都の湯どうふは、格別ね」

湯どうふが煮えるまで、前菜に箸をつけます。

京都の前菜は、味付けが優しくおいしいです。

「桜満開ね」

「そうだな。綺麗だな」

「あなたが運転してくれるから、こうして毎年、嵐山に来られるわね」

楽しい会話をしていると、湯どうふが、ぐつぐつと煮えてきました。

「湯どうふ、そろそろ食べ頃ね」

はるみは、レンゲで湯どうふをすくい、ポン酢が入った器に入れます。

湯どうふのなめらかさは、日々の生活を忘れさせてくれます。

「京都の湯どうふ、最高だわ」

「オレは、どこの豆腐でも一緒だよ。味なんか変わらないよ」

「あなたは、豆腐、好きじゃないからだわ。こんなに濃厚な味、大豆の味、美味よ」

「豆腐は、どれでも同じさ」

「おいしい料理を食べてきた人が言う言葉とは、思えないわね」

圭三は、食事に行くといえば、お酒を飲みながら、食事をするという生活でした。

カフェでの軽食は、好きではありません。

圭三においしい料理屋に連れて行ってもらう間に、はるみの舌も肥えてきました。

「天ぷら揚げたてよ」

「うまそうだな」

「やはり最初は、抹茶塩ね」

はるみは、抹茶塩をつけて、おいしそうに、ほおばります。

サクッ!!　と、いい音がします。

「サクサクよ!!」

その後は、天つゆにつけて食べます。

二人は楽しそうに、料理を食べ進めていきます。

「ねえ、この後、トロッコ列車を見に行く?」

「そうだな」

最後に、汁物と御飯、漬物を食べた後、店を出ます。

周辺の屋台を見ながら、再び、渡月橋を渡ります。

舟に乗る人々の姿を見ながら、高級な料理店を見つつ、トロッコ列車の通る線路まで歩いていきます。

嵐山に来る時は、よくトロッコ列車を見に行きます。

トロッコ列車が通るのを待つのも、楽しみのひとつです。

「あなた見て、トロッコ列車が、来るわよ」

「ほんとうだ、今日は、待たなくても見られたな」

「そうね、ラッキーよ!!」

二人は、トロッコ列車に乗った事は、ありません。

いつも、このように列車が通るのを見るのが、楽しみのひとつなのです。

はるみは、写真を撮ります。いつも同じ場所で撮ります。

同じ場所で、撮るのも楽しみのひとつなのです。

夢の中のはるみは、幸せでした。

スーパー銭湯

「お父さん、銭湯に行かない？」

「いいよ。風呂なら家で入ればいいよ」

「そんな事言わないで、お風呂上がりに食事をしましょうよ」

圭三は、気分が乗らない様子です。

「そんな事言わないで、行きましょうよ」

渋る圭三の手を取り、車に乗せました。

圭三は、先程の会話など忘れたかのように車の中で嬉しそうに話し続けます。

(さっきの会話は、忘れてしまったのね)

最近の圭三は、すぐ忘れます。

スーパー銭湯の門をくぐります。

靴を下駄箱に入れますが、圭三には、下駄箱が見えないようです。

「お父さん、靴を下の段に入れて下さいね」

「……」

「お父さん、靴をここに入れて下さいね」

「……」

はるみが、圭三の靴を下駄箱に入れます。

通路の横に売店がありますが、圭三の目には、見えていません。

はるみの心は、わくわくしています。

ゆっくりお風呂に入ってから、おいしい食事を食べてと、頭の中は、限りなく先に進んでいます。

男湯と、女湯に分かれているところまで来ました。

「お父さん、男湯は、こちらですよ」

はるみは、圭三の手を取り、男湯の暖簾《のれん》をくぐらせました。

圭三が、もたもたとした動作で、男湯の中に入ったのを確認して、はるみは、女湯の暖簾をくぐりました。

しばらくの間は、ゆっくり出来る幸せのスタートです。

シャワーで体と頭を洗うと、数種類あるお湯に入ります。

炭酸風呂に入りました。

水泡が、体にまとわりつきます。

体の細胞のひとつひとつが、修復されていくような気持ちになります。

何もかも忘れて、お湯に浸かります。

ふと横を見ると、本日のおすすめ湯があります。

本日は、ハーブの湯です。

体も温まってきたので、次は、ハーブ湯に浸かります。

ハーブの香りが、鼻をつきます。

ハーブのお茶を飲むだけでなく、体のすみずみまで、ハーブに浸かるなんて、なんと贅沢な時間でしょう。

はるみは、すっかり、圭三の事を忘れていました。

次はジェットバスに入り、背中、足と、刺激され、日々の苦しみ、悲しみを忘れました。

そろそろ体が、芯から温まってきました。

お風呂にのぼせる程入っていたら、恥ずかしいので、はるみは外の露天風呂に行く為、ドアを開けます。

ドアを開けた瞬間、冷たい風が、はるみを招きます。

中から外の世界に足を踏み入れました。

なぜか違う世界に来たように新鮮です。

かけ湯をしてから、石で、ごつごつした足場を降りて、お湯に入ります。

岩が、はるみを歓迎しているようです。

空も青空です。

青い空を見ながら、お湯に浸かります。

外気とは反対に、お湯は冷める事なく熱いです。

ふと、圭三の事が心配になり、お風呂から上がりました。

はるみは、髪を乾かしていると、鏡に、圭三の姿が映りました。

(どうしてお父さんが、女風呂の入り口に居るの?)

女の人が、圭三に何か言っていますが、聞こえません。

あわてて入り口までかけつけました。

「すみません」

女の人は、女風呂に入ってきた圭三を外に出そうとしますが、圭三には、わからないので、困っているところでした。

「すみません、御迷惑をかけました」

「お父さん、ここは女風呂よ。外に出ないとだめですよ」

「こんなところわからないよ」

はるみは圭三を外に連れ出しました。

外で待たせていても、どこかに行ったら大変です。

あたりを見回し、椅子を見つけて座らせ、圭三に伝えます。

「私、まだ髪を乾かしているから、ここの椅子に座って待っていて下さいね」

はるみは、すぐ女風呂に戻り、荷物を取って来ました。

「お父さん、女風呂に入ったの？」

「入るものか、どこがどこか、わからんよ」

「ずっと外に居たの？」

「そうだ、わからん」

はるみは、先程の幸せから、悲しみに突き落とされたようです。

「お風呂に来た意味がないですよ」

はるみは、つい愚痴ってしまいました。

圭三は黙って聞いていましたが、怒った様子です。

「オレは、もう帰る」

「せっかく来たんだから食事をしていきましょう」

「……」

はるみは、圭三を引っぱるように食事処のテーブルに連れて行きました。


「スーパー銭湯の食事は、おいしいのよ」

はるみは、メニューを開けます。

おいしそうなメニューが、はるみの目を釘付けにします。

どれも食べたくなります。

はるみは、ランチメニューにしました。

丼、寿司などから一品選び、サラダ、汁物、漬物が付きます。

はるみは、カツ丼のランチにしました。

圭三は、ラーメンが、いいようです。

「オレは、札幌ラーメンにするよ」

「ほんと、ラーメンも、おいしそうね」

二人は、それぞれ、違うメニューを選びました。

「お風呂、いい湯だったわ」

「……」

「あなたには、悪かったけど、私はリフレッシュしたわ」

「……」

「入場料、あなたの分、損したわ」

「……」

はるみはいつの間にか、圭三を追いつめてしまいました。

「もう帰るよ」

圭三は、立ち上がります。

「何を言っているんです。もうすぐ食事がきますよ」

「こんなに言われて、もうここにはおれんよ」

言い争いをしていると、食事が運ばれてきました。

「お待たせしました」

「お父さんのラーメンですよ。いい匂いですよ」

はるみと圭三のテーブルは、ラーメンの匂いがします。

圭三の好きな、札幌ラーメンの匂いにつられ、怒りが、収まったようです。

すかさずはるみは、言いました。

「お父さん、五分だけ、とりあえずラーメンだけ食べて帰りましょう。食べるのは、無理ですか?」

「そうだな。何時間でもいいよ、オレは、時間は、たっぷりあるからさ」

数分で先程の事は、すっかり忘れているようです。

「あら、さっき、怒っていたの、覚えているでしょう?」

「そんな事、知らないよ」

はるみは、胸をなでおろしました。

「食べて下さいよ、冷めてしまいますよ」

はるみは、お箸を圭三に渡します。

「うまいな、やっぱり札幌ラーメンだよ」

はるみのランチもきました。

「ここのランチも、おいしいわ」

「あなた、台湾ラーメンも好きですものね」

「台湾ラーメンは、好きさ」

圭三は、台湾ラーメンのファンになってから、各地のラーメンが、好きになっています。

「そういえば以前食べに行った台湾ラーメンね、辛さに汗だくになりながら食べた事ありましたね」

「あの時は辛かったよ」

「途中で食べるのやめたらと言ったのに、全部食べたわね。汁まで飲みほしたわね」

「そうだよ。うまかったよ」

「あれ以来、台湾ラーメンの虜になったわね」

「スーパーに行っても台湾ラーメンを探すものね」

二人は、楽しい食事を終えると、ドアの外に立ち、入ってきた門をくぐります。

(もう、二人で、ここに来る事はないみたいね)

楽しみの世界から「さよなら」しました。

夢編

旅行

はるみと圭三は、食事をする為、大衆食堂に来ています。

夢の中で、二人は旅行に出かけたようです。

鍋焼きうどんが、有名な店に来ているようです。

ここがどこなのかは、わからないのですが、鍋焼きうどんははるみの大好物です。

「私は、鍋焼きうどんが大好きだわ」

「オレは、うどんは、あまり好きではないよ」

「私は、鍋焼きうどん、みそ味にするから、あなたは定食にしたら」

「そうだな」

二人は、楽しく昼食を食べています。

(ひとりで食べられているわ)

夢の中ではるみは、いつもと違う圭三の様子に疑問をいだいていました。

車の中でも楽しく会話をして、食事もおいしく、はるみは上機嫌です。

今日の宿は、部屋に露天風呂が付いています。

「すごいわー!!　露天風呂よ!!」

部屋から外を眺めながら、お風呂に入れます。

「食事の前に、部屋にある露天風呂に入らない?」

「そうだな。そうしよう」

「お風呂に入る前に、お茶を入れるから、宿が用意してくれたお菓子を食べましょう」

部屋のテーブルにお茶と共に用意されているお菓子は湯あたりを防ぐ為に、お風呂に入る前に、食べる必要があります。

二人は、服を脱ぐと、お湯にダイブしました。

「最高だわ!!」

外は涼しく、お湯は熱く、なんという贅沢でしょう。

この後、冷たいビールを飲んで、そうだ、今日の料理に蟹が付いていた事を思い出し、これから先のコースを考えて、頬が緩んでいました。

「はるみ、どうしたんだ。ニヤニヤして」

「だって今夜は、蟹よ!!」

「そうだったな、最高だ」

お風呂を出て椅子に腰かけて、外の景色を見ながら、ひとときを過ごすと、食事をする為、部屋を出ました。

部屋は個室が用意されています。

まずは、ビールで乾杯です。

「お疲れさま」

「お疲れ」

前菜に舌鼓を打ち、蟹に手を伸ばします。

「ひとり一杯あるわよ」

蟹の甲羅をはずすと、黄色のおいしそうなみそが、はるみの舌を喜ばせます。

蟹の身も、酢をつけなくてもよい程です。

良い塩味が付いています。

あまりのおいしさに、二人の会話は、途切れました。

黙々と食べています。

「日本酒をもらうわ」

蟹には、やはり日本酒が合うので、日本酒を注文しました。

蟹を食べた後、蟹の甲羅に少し日本酒を入れて、甲羅に残っている蟹みそをかき出し、甲羅を持ち上げて飲みます。

「あーおいしい。幸せ」

「オレは、日本酒飲めないから、残念だよ」

茶碗蒸し、天ぷら、鍋と食べ進め、御飯と汁物、漬物と、終わりに近づくと、淋しくなってきました。

今日の楽しみも、終わりに近づいてきました。

次の日の朝、太陽が昇る時、部屋の露天風呂に入り、朝日を浴びました。

朝日を眺めながら、あふれるお湯に浸かります。

宿の朝食の時間になった時、はるみは目覚めました。

帽子

窓から外を見ながら、圭三は呟くように、ひとり言です。

「昔は、運転していろいろな所に行ったよ」

「今は、どこにも行けないよ。まだ行きたい所があるのに」

「考えると悲しくて涙が出そうだよ」

圭三の免許返納を勧めたのは、はるみです。

その頃、圭三はまだ運転を希望していたのです。

(こんなに苦しんでいたなんて……私の責任だわ)

はるみは、圭三のキャップが古くなってきたので、新しいキャップを買いに行く事にしました。

田んぼを見ながら歩くのは、いつもの散歩道です。

川の土手を歩き、車が行き交う大きな道を渡り、歩き進めると「スポーツ店」「家具店」「携帯ショップ」「洋服店」の店が並ぶインターガーデンの一角に、その店はあります。

農道は、歩きやすくて快適です。

「いいお天気ね。春なのに暑いくらいね」

桜が二人を歓迎しているようです。

圭三は信号がわからないので、横断歩道を渡るのが大変です。圭三が途中で止まってしまったら大変です。

「あなた信号が青になったわ、急ぎましょう」

はるみは、圭三を引っぱるようにして歩きます。

(赤になりませんように)

どうにか渡りました。

はるみは胸をなでおろしました。

横を車が走っています。

川を見ながら、歩けました。

店に到着すると、エスカレーターは危ないので、エレベーターを使います。

「あなた、早く、ドアが閉まるから、乗って下さい」

「……」

はるみはエレベーター内の「開」のボタンを押して、ドアを開けたままにして、圭三が乗るのを待ちます。

二人は、キャップ売り場に行きます。

圭三は、いつも動きやすいように、ジャージを着ています。

はるみはジャージと同じブランドのキャップを手に取りました。

「あなた、このキャップをかぶってみて下さい」

「……」

はるみは無理やりかぶせたので、値札が、圭三の頭にあたりました。

「痛いだろう、そんなに無理にしたら」

圭三は、大声を上げて怒ります。

「値札があたっただけよ」

「もっとゆっくりしてくれ」

圭三の頭のサイズにあわせてキャップの大きさを調整します。

「あなた、大きさもいい感じね」

はるみは、レジで支払い、帰ろうとしたら、圭三はレジの店員の前にずっと立っています。

「あなた、帰るわよ」

「……」

「すみません、目が見えにくいので」

圭三の手を取り、店を出ました。

「あなた、レジの前に立っていたら迷惑ですよ」

つい、はるみは圭三を叱っていました。

「何を言っているんだ!!」

「でもあなた、目が見えないから帰ろうとしないからですよ」

「もういい。オレひとりで帰る」

「何を言っているんです。ひとりで帰れないですよ」

「オレは、どこかに行くよ」

はるみは、声も大きくなっていきます。

見知らぬ人の視線が刺さるようで、早く、その場から立ち去りたいと思いますが、圭三が動きません。

「洋輔《ようすけ》を迎えに行かないといけないから、帰らないと」

孫の洋輔の名がでたとたん、圭三は、帰る気になりました。

圭三が定年退職した後は、家族の者は皆働いている為、保育園の送り迎えは、圭三が行っていました。

保育園の帰り道、

「じいちゃんお菓子買って」

いつもの会話だったようです。

土、日曜日は昼になると、洋輔を連れてスーパーに、昼御飯を買いに行っていました。サーモンのお刺身、鉄火巻き、洋輔の大好物です。最後にお菓子と、ジュースを買うのが、週末の楽しみでした。

休みの日は、公園に連れて行き、遊んでいました。

冬、雪が降る日は、二人で小さな雪だるまを作り家の前に並べてありました。

「ばあちゃん、雪だるま作ったよ」

孫の洋輔は、大きくなりましたが、圭三は、朝から晩まで、洋輔の事を言っています。

「さあ、帰るよ」

はるみは疲れました。
圭三は、いろいろな事が少しずつわからなくなってきています。
歩くことさえ、圭三には、大変な様子です。
圭三は、胸が苦しい、足が痛いと言いながら、我が家に戻りました。
以前の圭三は、あんなに長時間歩いていたのにと思うと、悲しくなりました。
圭三から、日常の営みをひとつずつ奪っていく、この現実。
歩きたくても歩けない。
目の前の段差も怖さを感じ、綺麗な景色も見ようとしない。
圭三は、何を想いながら歩いていたのでしょうか。

夢編

悲しみ

夢の中でも、悲しみの世界に苦しんでいます。
今日、キャップを買いに行った情景をそのまま夢で見ています。
夢で泣き、現実で悲しみ、夢と現実が混乱しています。

「あなたいいかげんにしてよ‼」

はるみは店で大声を上げています。

買い物客は、はるみと圭三を振り返って見ていきます。

「オレは、帰る‼」

圭三ははるみの手を振り払おうとします。

「勝手にして‼」

圭三はふらふらとした足どりで、人混みの中に消えていきました。

「あなた、どこに居るの？」

はるみは、圭三を探しています。

階段があり、はるみは階段を降りて、通路を歩いています。でも、歩いても歩いても、
もといた階段に戻っています。

(どうしたのかしら、先に進めないわ)

はるみは、探し続けています。

目の前に、圭三の姿が見えました。

「お父さーん」

呼ぼうとしても声が出ません。

（なぜ、声が出ない!!）

圭三は、はるみの前から、居なくなりました。

はるみの目からは、涙が止まりません。

携帯のアラームの音で現実に戻りました。

「夢だったのね」

●草刈り●

最近の圭三は、田舎にある畑仕事も出来ません。

土を耕す事も、種をまく事も、出来なくなっています。

畑の草刈りも出来ません。

「石が、たくさんあるよ」

圭三は、両手一杯に、さまざまな大きさの石を持っています。

「お父さん、石なんか、わざわざ掘り起こさなくても、畑だから石は、ありますよ」

はるみの声など聞こえないようです。嬉しそうに、石を並べています。

はるみが、草刈り機で草を刈っている間、圭三は、鎌で草刈りをしています。

草刈りをしているのか、土を鎌でかいているのか……、圭三は、自分の世界を楽しんでいるようです。

太陽の光を浴びながら、幸せのひとこまです。

圭三が時間の段取りをする事などありません。

三〇分以上も、同じ場所に居ます。

（こんな草刈りなら、一生かかっても終わらないわ）

刈った草を、袋に入れてもらうと助かるので、はるみは圭三に頼みます。

「お父さん、私が刈った草を、ビニール袋に入れてほしいわ」

「おう、まかせておけ」

はるみがビニール袋を渡しますが、圭三は、ビニール袋が、わかりません。

刈った草を指さしますが、圭三には、わからないので、違う方向を見ています。

「どれだ、言わないとわからないよ」

「ここですよ、お父さん」

「お前の言っている事がわからんよ‼」

何を言ってもわかりません。

はるみは疲れはててしまいました。

結局、はるみひとりで刈って、草の始末をしました。

「お父さん、きれいになりましたね」

「……」

圭三には、わからないようです。

はるみの心は、きれいに草が刈れたと、圭三に言ってほしいだけなのに、圭三には、わからないようです。

はるみの心は、もやもやします。

「お‼　すごいな。きれいに刈れたな‼」

「疲れただろう‼」

「ありがとうな‼」

はるみが言ってほしい言葉はこれから先、何年も何十年も圭三の口から、発せられる事はないという事実に、悲しみを感じました。

「お父さん、休憩しましょう」

はるみは、キャンプ用の椅子を出して、ジュースとお菓子を出します。

「お父さん、ここに座って下さい」

でも圭三には、椅子がわかりません。

椅子に座らず、コンクリートに座ろうとしています。

「お父さん、そこは、コンクリートですよ。この椅子に座って下さい」

圭三は、よたよたと歩いて、椅子を探しています。

(目の前に椅子があるのにわからないのね)

椅子に座らせるだけでも、ひと苦労です。

二人は、椅子に座り、休憩します。

「あの木は、何だ」

「あれは、柿の木ですよ」

圭三は、自分の畑の敷地にある柿の木も忘れています。

ある日は、隣の畑に入って行った事も。

「お父さん、そこは、隣の畑ですよ」

隣の畑の畝《うね》を踏んでいます。

でも、わかりません。

はるみは、手で畝を直しますが、圭三には、わかりません。

二人は、ジュースを飲みながらお菓子を食べます。

田舎の景色は、静かです。

「静かだな」

「ほんとうですね、田舎は、いいわね」

圭三には、田舎の静けさは、わかるようです。

嬉しそうに、田舎の景色を見ています。

夢編

散歩

夢の中で、田舎に来ています。

夢の中の畑は、草が生えていません。

二人は、散歩する事にしました。

「お父さん、道の真ん中を歩いたら危ないですよ」

道の端は、溝もある為、圭三には、怖いようです。

はるみが、道の端に、引っぱります。

「そんなにきつく引っぱったら、痛いだろう」

「でもお父さん、道の真ん中歩いたら危ないですよ」

「もうほっておいてくれ!!」

圭三は路地に入っていきました。

たった今、曲がっただけなのに、もう圭三は居ません。

「お父さん!!」

大声を出しても、圭三からの返事はありません。

(変だわ。今、曲がっただけなのに)

はるみも、よく来る、田舎の道なのに、迷ったようです。

歩けば歩く程、見覚えのない道に迷い込みました。

歩いても歩いても、圭三の畑に戻れません。

ふと見ると、圭三の畑が見えました。

畑で圭三が畑を耕しています。

「なーんだ、お父さん、畑だったんだ。よかった」

圭三は、元気な頃に戻ったように、元気に畑仕事をしています。

「お父さん!!」

はるみが呼んでも聞こえないようです。
はるみは走り、畑の近くまで来ました。
「あ!! お父さん!!」
圭三には、はるみの声が聞こえていないようで、車に乗ります。
(あれ、お父さん、運転出来ているわ)
夢の中でも、はるみは、不思議を感じていました。
「お父さん、待って!!」
はるみは車に走り寄ります。
(あ、間に合ってよかった)
はるみは車の窓を叩きます。
「お父さん!!」
でも圭三には、はるみが見えてないように、車を発進させました。
目の前の車が見えなくなるのに、時間はかかりません。
圭三の車が、小さくなり、見えなくなりました。
(変だわお父さん。私を置いていくなんて)
人の話し声で、はるみは、現実に戻されました。

目を覚ますと、田舎の人の話し声です。

いつの間にか、眠ってしまったようです。

「夢だったのね」

横を見ると、

「オレの同級生が、柿の木の上に居る。笑っているよ」

圭三は嬉しそうに、柿の木の上にいる妄想の同級生を見ています。

私、はるみよ

最近の圭三は、少し淋しそうです。

はるみには、なぜかわかりません。

「はるみ、はるみは、居るか」

目の前に居るのに、探しています。

「あなた、私、はるみよ。わからないの？」

「あーあ、わかっているよ」

ほんとうは、わからない様子です。

私に合わせているだけのようです。

淋しそうに再び外を眺めています。

（私の事、わからなくなってきているみたいね）

「人がたくさん居るよ」

電柱を見て、ひとり言のように、言っています。

「コーヒー入れようか」

「そうしてくれ」

コーヒー豆を挽きます。粉になったコーヒーをフィルターに入れ、湯を落とします。円を描くように、湯を回しながら注ぐと、フィルターの中で、粉が大きく膨らむ様子に、はるみの心は落ちついていきます。

（あと何回、私の入れたコーヒーだと、わかってもらえるかしら）

圭三のいつものコーヒーカップに、温かいコーヒーを入れます。

「コーヒー、うまいな」

圭三は、あまりコーヒーが好きではないはずなのに。

「あなた、コーヒーあまり好きではないのに、嬉しそうね」

「はるみの入れたコーヒーは、うまいな」

（私の事、わかっているわ。さっきは、何だったのかしら）

「ありがとう。いつもおいしいと言ってくれるわね」

はるみは薄味、圭三は濃くて甘い味が、好みです。

チャーハンもほぼ、味付けをしない作り方でも、おいしいと言って食べてくれます。

見た目や盛りつけはきれいでおいしそうでも、味付けが薄く、味が全然しない料理がはるみの料理です。でも残す事なく、全部食べてくれます。

「朝から、スコーン焼いたから、食べる？」

圭三は、はるみの焼いたスコーンをおいしそうに食べています。

「いつもこのスコーンは、うまいな、この一粒まで、うまいよ」

「ありがとう、自分で焼いて言うのも何だけど、ほんとうにおいしいわね」

「うまいんだ」

「ねえ、私、誰だかわかる？」

「はるみだろう」

はるみは、先程の事は、偶然の出来事だったように思えました。

夢編

私がわからない

窓から差し込む暖かい日差しに、はるみは、うとうとしていました。

ふと道を見ると圭三は、近所の人と立ち話をしています。

「こんにちは」

はるみが挨拶をすると、近所の人は、困った顔をしています。

「はるみが、居ないんだ」

「奥さんなら今、来ましたよ」

「はるみを見なかったか」

(やめて、私がはるみよ。わからないの?)

「私、はるみですよ」

近所の人は、

「さっきからずっと、奥さんが居ないと言って、探しているんですよ」

「ごめんなさい。主人、最近、目が見えにくいので、変な事言っていたと思います。迷惑をおかけしました」

「はるみが居ないんだ」

圭三は、大声で、はるみを探しています。

「お父さん、私、ここに居ますよ」

「はるみを知らないか？」

「早く家に戻りましょう」

はるみは、圭三の手を取り、背中を押します。

「痛いだろう、やめてくれ」

「あなたが戻らないからですよ」

「今からオレは、はるみを探しに行くから、離してくれ」

「何を言っているのですか」

はるみは強く手を引っぱりました。

圭三は、はるみの手を離し、ふらふらと歩き出しました。

「お父さん、待って下さい」

近所の人も道行く人も振り返って圭三を見ています。

はるみの目の前から歩き出した圭三は、あっという間に、見えなくなりました。

はるみは、走って圭三が歩いた後を追いかけますが、居ません。

(変だわ。さっきまで、お父さんが歩いていたのに、まだ、時間も過ぎていないのに、どうして居ないのかしら)

はるみの声は、大きくなります。

「お父さん!!」

「お父ーさーん!!」

はるみの声は、大きくなります。

はるみは、自分が出している声が、現実に戻り、大声を出しています。

「お父さん!!」

はるみは、自分の声で目覚めました。

「どうしたんだ、はるみ」

圭三は、はるみが大声を出しているので、心配そうです。

「ごめんなさい。私、夢を見ていたわ」

「いつの間にか、眠ってしまったようね」

外の日差しは、何事もなかったように、窓から差し込んでいます。

お風呂

「あなたお風呂に入って下さい」

服を脱ぐのが大変です。はるみは、圭三の脱いだ服をかごに入れてくれるように毎回、伝えますが、目の前のかごは、見えているようですが、圭三の脳がわからないのでしょう。

また、お風呂は目の前なのに、わかりません。お風呂のドアを開けても、お風呂場に入れません。

「このカゴに脱いだ服を入れて下さいね」

「ここか。どこだ」

はるみは、圭三の手をカゴの前まで持っていきます。

服を脱ぐと、今度は、お風呂がわかりません。

目の前のお風呂を指さしますが、はるみの指が、わかりません。

はるみが強く体を押さないと動きません。

「ここは、初めてだから、わからないよ」

「何を言っているんです。長く住んでいるのに」

お風呂に入ってもわかりません。

「このまま湯に入ってもいいか」

「体を流って下さい。そこのボディーソープをプッシュして下さい」

「どこだ、どこにある」

何もかもわかりません。

圭三のお風呂は、長いです。

かなりの時間入っているので、お風呂から上がった時には、疲れはてています。

時間の段取りが悪いようです。

「疲れたよ」

お風呂に入るのも大変ですが、上がってから服を着るのも大変です。

下着も服も、前と後ろが、わかりません。

「あなた、下着の前と後ろが、反対ですよ」

「あー、そうか、変だと思ったよ」

最近のはるみは、圭三をお風呂に入れるのに疲れるので、圭三が入りたいと言うまで、入らなくていいと思うようになりました。

夢編

お風呂

はるみは、圭三が、お風呂に入っている間に眠ってしまったようです。

お風呂で圭三は、洗い方を忘れてしまったようです。

お風呂場を覗くと、お風呂の中で、ずっと震えています。体を丸めてうずくまっていま
す。小さな子供が震えているように小刻みに体が震えています。

「どうしたの、洗わないと」

「体を洗えって、言われてないから、わからないよ」

「あなた、自分の事だから、自分で洗わないと」

「洗うってどうするんだ」

「いつも、洗っているでしょう」

「何を言っているか、さっぱりわからないよ、ここはどこだ」

「ここは、お風呂ですよ」

「何を言っているかわからん。寒い。寒い」

はるみは、圭三の体にシャワーでお湯をかけてあげます。

「あー、あたたかいよ」

はるみは、圭三の体を洗ってあげます。

「背中を洗うから、後ろを向いて」

「背中、かゆかったんだ、手が届かないだろう。気持ちいいよ」

(若い時、圭三は、はるみに背中を洗わせる事などしなかったのに)

ふと思いました。

まるで意識のない大きな赤ちゃんのようです。

「頭を洗って」

「どれで洗うんだ」

「シャンプーですよ」

はるみがシャンプーを渡すと、頭を泡だらけにして、幸せそうに洗っています。

「あー。さっぱりした」

「お湯に浸かって下さいね」

圭三が、お湯に浸かると、湯があふれます。

「おー。気持ちいいよ」

はるみは、お風呂場のドアを閉めます。

(もう、ひとりで、お風呂にも入れないのね)

かなりの時間が過ぎても、圭三は、出てきません。

「お父さん、そろそろ出ないと、のぼせるわよ」

圭三は、真っ赤な顔をしています。

「誰も、出ていいと言わないから、出られないだろう」

「誰も、出ていいとは、言いませんよ。お父さん、自分で出ないと」

「こんな、ややこしいところは、もう、こりごりだよ。帰るよ」

「何を言っているんです。ややこしくないですよ、お父さんの家ですよ」

「何を言っているか、わからんよ」

「早く出て下さいな」

「はるみ、お風呂出るから、このタオルで、体を拭いたらいいのか」

圭三の、はるみを呼ぶ大きな声で夢の世界から現実に戻されます。


「お父さん、大丈夫ですか?」

「何を言っているんだ。もう出るよ」

「お父さん、ひとりで出られるの？」

「あたりまえだよ」

夢の出来事に、はるみは、胸をなでおろしました。

「あー、よかった、夢だったのね」

●トイレ●

「ばあば、トイレべたべた」

今日は幼稚園に行っている孫の祐希《ひろき》が、遊びに来ています。

はるみは、トイレに入ってびっくりです。

トイレのタイルの上のスリッパが、おしっこで浮いています。

たぶん、便器の中でなくて、外で用を足したようです。

あわてて、トイレットペーパーで拭いてもおしっこは、拭き取れません。

便座を拭くと、便座の蓋を閉めます。

（あら、蓋、変だわ）

蓋が濡れています。

ある日は、便座の蓋を上げずに、用を足したようです。

圭三には、蓋を上げてと言うのですが、あまりわからないようです。

蓋を上げずに用を足すので、便座が濡れています。

（あら、なんか冷たいわ）

はるみは、便座が濡れていたのを知らずに座ったので、大変な事になりました。

圭三が、トイレに入った後、トイレを見ると、水たまりが出来ているので、はるみは拭きながら、つい言ってしまいます。

「お父さん見て。水たまりよ。これからは便座を上げて下さいね」

「……」

「お父さんが掃除するなら、私、言いません。せめて、ありがとうくらい、言ってほしいわ」

「何の事だ」

「だから……」

はるみは、わからない圭三を追いつめます。

「オレは、遠くに行く。ここは、わからないから」

「私は、気をつけてと言っているだけなのに」

「オレは、出て行く」

圭三は、トイレを見ているのに、何も見えないようです。

夢編

トイレ

はるみは、悲しくて、涙が止まりません。

これから先、どうなっていくのかと思うと、不安が心に広がっていきます。

泣きます。

泣きます。

涙が止まりません。

いつの間にか、眠ってしまったようです。

「はるみ来てくれ!!」

トイレから圭三の声が聞こえて、はるみは、トイレに入ります。

「どうしたのこれ」

「そうなんだ」

トイレが水であふれています。

バケツの中に、拭いた雑巾を絞ります。

「お父さん、どうしてまた、こんなところでしたの」

「……」

夢の中の圭三は、何も見えていないようです。

いつの間にか、トイレの水は、引く事なく、増えています。


夢の中のはるみは、海に居ます。

水に追いかけられています。

満ち潮のようです。

先程まで、引き湖で、海の水が引いていたのに、今は、満ちています。

少しずつ満ちてくるのではなく、あっという間に満ちてきます。

はるみは走ります。

走って。

走って。

「ピーンポーン」

来客のインターホンの音で目覚めます。

悲しみで、泣き疲れて眠ってしまっていたようです。

「はい、どちら様です」

「郵便局です」

はるみは急いで、玄関を開けます。

「書留です。ここにサイン下さい」

「ありがとうございます」

郵便物を受け取ると、玄関を閉め、座り込んでしまいました。

「夢だったのね」

二、壊れていく圭三の記憶

いつもの道

よく通る道も、圭三の記憶から、忘れ去られたようです。

買い物に行く途中の道で、圭三は、車の窓から外を眺めながら、困ったような顔をしています。

「この道は、どこだ。初めて通る道だな」

はるみは、ハンドルを回しながら、返答します。

「お父さん、何、言っているんですか。この道は、よく通る道ですよ」

「そうだったかな」

「昔、よく来た、ランチがおいしい店の前を今、通ってきましたよ。ランチを食べに来た時、このあたり通ったじゃないですか」

「そうだったかな」

「ほら、この先の大きな看板見て、ホームセンターの看板よ。よく、花を買いに来ているのに」

「……」

「お父さん、覚えてないんですか」

「知らない場所だ」

(日々、忘れているわ)


そういえば、旅行に行った日の帰り道も忘れていました。

はるみが、運転しながら圭三にたずねました。

「お父さん、この交差点、左に曲がるんでしたか？

それとも、まっすぐに行くんでしたか？

私、いつも、この交差点、わからないわ。まちがえるとバイパスに入ってしまうから」

「こんな場所は、初めて来たよ」

「お父さん、旅行の帰りは、この道、よく通ったわよ」

「知らないよ」

(日々、少しずつ、圭三の記憶が失われているわ)

最近の圭三は、家に帰る曲がり角でさえ、忘れていた事もありました。

「ここは、どこだ」

「お父さん、家の近くですよ。この角を曲がったら家ですよ。もうすぐ見えますよ。ほら、我が家が見えましたよ」

「わからないよ」

（嘘でしょう。家を忘れるなんて）

夢編

いつもの道

買い物に行ったスーパーの駐車場で、車を止めて少し眠ってしまったようです。

「オレは、嬉しいよ。毎日、毎日、来た事のない場所に来られて」

圭三は、毎日通る道をすっかり忘れてしまっているようです。

車の窓から子供のように目を輝かせています。

初めて見る景色だと言って、嬉しそうです。

夢の中のはるみは、心配などしていません。

「ほんとうによかったですね」

夢の中のはるみは、優しく相槌を打ちます。

「オレは、幸せものだよ」

嬉しそうにはるみの横顔を眺める圭三を見守るように、はるみも圭三の顔を、チラチラ見ながら運転します。

二人は、幸せそうに、ドライブを楽しんでいます。

(何か違う気がする。お父さんに対して優しく接する事が出来ている)

夢の中でも、現実が入り込んでいるのでしょう。

違和感を覚えています。

(何かが違う気がする……)


買い物客が近くの車に戻ってきた声で、はるみは現実に戻ります。

「お父さん、私、少し、眠ったみたい」

「ゆっくりするといいよ。オレも初めてきた場所だから、楽しんでいるよ」

悲しみと不安が現実に戻ります。

(夢を見ていたんだわ)

時間

圭三は、いつものように、お気に入りの椅子に腰かけて、外を眺めています。

「明るいな。どうしてこんなに明るいんだ」

圭三は、まだ昼前だという事が、わかっていません。

「明るいにきまってますよ。まだ、昼前ですからね」

「まだ、そんな時か、オレはもう夕方だと思ったよ。夕方にしては、日が差し込んでいると思ったよ」

「時計を見て下さい。まだ一一時三〇分ですよ」

「六時か」

「お父さん、それは長い針ですよ。三〇分です」

「一〇時か」

「ほんとうに見えないの？　一一時ですよ。短い針」

「あ、そうだ。一一時三〇分か」

「あたりまえですよ。時計の見方も忘れたんですか」

「……」

朝、昼、夕方、最近の圭三は、それさえわからない日もあります。

時々、変な事を言ったと思うと、次の日は、正常な事を言っています。

夢編

時間

お昼御飯を食べた後、はるみは、うとうと昼寝をしてしまったようです。

夜中にぶつぶつ言っている圭三の声で、はるみは、目が覚めます。

昼寝をしてしまったはるみ、夢の中は真夜中の時間になっています。

圭三が真夜中にお風呂に入る夢を見ています。

お風呂のカゴに、服が脱ぎ散らかしてあります。

「どうしたのお父さん」

「お風呂に入ろうと思って。今日は、うまく脱げたよ、このカゴに入れたら、いいんだろう」

「なに言ってるの、まだ、真夜中ですよ」

服を脱いだ圭三は、お風呂の前で震えています。

「お風呂はもう入りましたよ。今は寝る時間だから、もう一度服を着て、寝て下さい」

「何言っているんだ、お風呂に入るんだよ」

「お風呂の湯も入ってないのに、風邪をひきますよ」

はるみの手を振り払い、お風呂場のドアを開けます。

はるみは、お風呂のドアの前に、座り込みました。

ただ、涙が止まりません。

「どうして、わからないの……」

しばらくして我に返ります。

(あら、変だわ。シャワーの音が聞こえないわ)

はるみはドアを開けて呆然とします。

「う、そ!!」

圭三は、お湯のないお風呂場で、震えています。

「寒い、さむい」

「お父さん、何してるんですか、早く出て服を着て下さい」

「お風呂だ」

圭三は、シャワーを出します。

お湯と水をまちがえて、水を出しています。

圭三にはお湯と水のレバーの調節をする事も出来ません。

「冷たい」

「お父さん、水ですよ。お湯を出さないと」

はるみが何を言っても、わかりません。

圭三は、寒さのあまり、お風呂を出ます。

体も拭かないで、廊下を歩いています。

濡れた足跡が、ついています。

「お父さん、足を拭かないと」

はるみは、大声を出しています。


「どうしたんだ、大きな声を出して」

圭三がはるみを起こす声で、目が覚めます。

「私、いつの間か、寝てしまったようね。夢を見ていたわ」

「叫んでいたから、心配したよ」

「何か言っていた？」

「何を言っているか、わからなかったよ」

「そ、う」

部屋がわからない

最近の圭三は、自分の部屋がわからないようです。

廊下をうろうろして迷っています。

「お父さん、どうしたの？」

「オレの部屋が、わからなくて困っているよ」

「お父さんの部屋は、ここですよ」

はるみが指さしますが、圭三にははるみの指がわかりません。

呆然と立ちつくしています。

「お父さん見て、お人形さん置いてあるでしょう。迷った時の為に置いてあるんですよ」

はるみは、圭三が、部屋の前で立ちつくしている事があるので、はるみの大切なお人形さんを、圭三の部屋のふすまの前に置いた椅子に座らせているのです。

「あっ、そうだった。思い出したよ」

「よっ‼　よっ‼」

「笑っているよ。おう‼」

圭三は嬉しそうにお人形さんに話しかけています。

「わかってよかったわね」

はるみは、これから先の事を考えると、不安になる自分を感じていました。

夢編

部屋

圭三が部屋に入ったのを確認して、はるみは、眠りにつきました。

「あれ、変だな」

はるみは圭三の声で目覚めます。

「お父さん、迷ってしまったの？」

圭三は、部屋の前で、迷っています。目の前の部屋を前にして、部屋がわからないようです。

「そうなんだ。オレの部屋がわからないんだよ」

「ややこしくて困るよ」

はるみは優しく、圭三の肩に手をかけます。

「そうね、ここは、ややこしいわね。私が案内しましょうか」

「助かったよ。そうしてくれるか」

「お父さん、手を出して下さい」

「こうか」

圭三は、右手を出します。はるみは、圭三の手を取ると、部屋に案内します。

「ここですよ。お父さんの部屋は」

「そうだ、思い出したよ。ありがとう、助かったよ」

部屋の中に、圭三は、消えていきました。

「お父さん……」

はるみの目の前から、見えなくなりました。

圭三が、ドアを閉める音で、目覚めました。

「夢だったのね」

季節

「雪が降っているよ」

「何言っているんですか。もう春ですよ、今日は、少し肌寒いですけど」

レースのカーテンに光が反射して、雪のように見えたのでしょうか。

それにしても、最近の圭三は、季節もわからないようです。

冬の間も、夏だと思っていた事もありました。

「夏休みは、終わっていないのか」

「今は冬ですよ」


「寒いよ。寒いよ」

圭三は、寒そうです。

窓から、春の優しい日差しが差し込んでいます。

「暖かい春なのに、雪が降っていたら大変ですよ」

「はるみ、外を見てみろ」

「太陽が、眩《まぶ》しいですよ」

「はるみには、雪が見えんのか」

「人前では、こんな変な事、言わないで下さいね」

「雪が降っているから、降っていると言って何が変だ」

「お前とは話も出来ん」

圭三は、外の景色を見ています。

何を思って見ているのでしょうか。

夢編

季節

はるみは、夢の中をさまよっています。

森の中で、震えている男性を見かけます。

はるみも、森の中で迷ってしまったようです。

「どうかしましたか？」

はるみは男性に声をかけます。

「寒いんです」

「もう夏ですよ」

「何を言ってるんだよ、冬だよ、今は」

はるみがその男性の肩に手をかけると、男性は圭三になっています。

（あら、お父さんだわ。今見た時は、違っていたのに、いつの間にお父さんに変わっているの）

「あら、お父さんじゃないですか、こんなところでどうしたんですか？」

「おっ、はるみ、お前こそ、どうして、こんなところに居るんだ」

「森の中で、迷ったみたいで」

「オレもだ」

圭三は、寒いのか、震えています。

はるみは、圭三の手を取ります。

「さあ、一緒に、帰りましょう」

「ありがとう」

二人は仲良く手をつないで歩きました。

いつの間にか、光が差し込んでいます。

「道に出られそうですね」

「あ。あ」


いつの間にか眠ったようです。

「夢でよかったわ」

窓の外は、春の暖かい日差しが降りそそいでいます。

「お父さん、コーヒー入れますか」

「あ、あ。そうしてくれ」

先程の事は、忘れているようです。

はるみがわからない①

田舎からの帰り道です。

「誰だったかな。え、え、っと。思い出せないよ」

圭三は、ひとりぶつぶつ言っています。

「お父さん、どうしたの？」

「誰だったかな」

「何の事です」

「名前が、わからないんだよ」

「お父さんの知り合いですか」

圭三は、思い出したようです。

「あ、そうだ。はるみだ」

「なんだ、私の事だったのね。私がどうかしたの？」

「はるみが居ないんだよ」

「私ならここに居ますよ、私が運転しなければ、帰れないですよ」

「はるみが居ないよ」

圭三は、はるみの存在が、わからないようです。

はるみは悲しくなりました。

（とうとう、この時が、きたわ。私の事も、わからなくなる日が）

圭三は、キョロキョロと車の中を見回しています。

でも圭三には、はるみが見えないようです。

「お父さん、いいかげんにしてよ‼

私なら運転しているわ。

私が運転しなければ、誰が運転しているというのよ‼」

「……」

つい、はるみは、言葉が止まる事なく口から出てしまいます。

圭三は、言葉を返す事はありません。

圭三は、車の中という、ドアと窓を閉め切った空間から、逃げ出そうとするように、

「車から降ろしてくれ、オレは歩いて帰るよ」

「こんな田舎道よ。歩いて帰れないわよ」

「こんなに言われて、オレは、居る事が出来ないよ」

「だって、私、はるみなのに、はるみが居ないと言われて怒って、何が悪いんですか」

「オレは、はるみを探しに戻るから、降ろしてくれ」

「私、はるみですよ」

圭三は、信号待ちの時、車のドアを開けようとします。

はるみは、青信号に変わったのを見て、道路横のコンビニに車を入れます。

「ちょっと待っていて。飲み物を買って来るから、少し待っていてくれる?」

「おう、いいよ」

はるみが、コンビニから、車に戻った時は、すっかり忘れています。

「暑いから、アイスコーヒーを買ってきたわ。飲みましょう」

はるみから、アイスコーヒーを受け取ると、一気に飲みます。

「おう。うまいな」

「おいしいわね」

(とりあえず、よかったわ)

夢編　はるみ

車の中で、はるみは、つい、うとうととしてしまいました。

(あら。前にも見たような景色だわ)

はるみは、森の中をさまよっています。

（私、なぜ、森の中に居るのかしら）

遠くで声が聞こえます。

「はるみ。はるみ」

（こんな森の中で、誰かの呼び声が聞こえるわ、しかも、私と同じ名前だわ）

はるみは、呼び声の方へ歩いていきます。

呼び声は、少しずつ、大きく聞こえてきます。

「はるみ、はるみは、居るか」

（私の事よね、はるみって）

「私なら、ここに居ますよ」

はるみは、自分の事かどうか、わからないけど、返事をしました。

「はるみ、声が聞こえる。どこだ」

「ここですよ」

枯れ葉を踏む音が、近づいて来ます。

圭三が歩いて来ます。

はるみは、びっくりしました。

（なぜ、お父さん、森の中に居るのかしら）

「お父さん、私なら、ここに居ますよ」

「あっ。はるみか」

圭三は、嬉しそうに、返事をします。

はるみの目の前に来ました。

「お父さん」

「はるみ、どこだ」

「どうしてここに居るの、お父さん」

目の前に来た圭三に抱きつこうとした瞬間、圭三ははるみの横をふらふらとした足どりで、通り過ぎます。

「お父さん、私、ここに居ますよ」

「はるみ。はるみ」

圭三には、はるみが見えないようです。

はるみが、わからないのでしょうか。

「お父さん、待って」

はるみは、追います。

「はるみ」

圭三は、森の中に消えてしまいました。

はるみは、走ります。

走って、走って、追いかけます。

圭三の声が遠ざかります。

はるみは、息が苦しくなり、その場に立ち止まります。

膝をつき、その場に、蹲《うずくま》ります。

「お・と・う・さ・ん」

はるみが呼びますが、圭三の声は、聞こえません。

はるみは涙も出ません。


「お父さん、どこに居るの」

「どうしたんだ、はるみ、オレなら、ここに居るよ」

はるみは、圭三の声で目覚めます。

(夢を見ていたんだわ。夢で、よかったわ)

「私、夢を見ていたみたいね」

「大きな声で、オレを呼んでいるから、どうしたのか、心配になったのさ」

「ごめんなさい。お父さんを探している夢を見ていたのよ。目の前から、お父さん、居なくなるんですもの」

「それで、オレを呼んでいたんだな」

車の窓から差し込む日差しが、暑すぎて、はるみは、ぐっしょり汗をかいていました。

はるみは、ハンカチで、首元の汗を拭き取ると、

「お父さん、帰りましょうか」

と言ってハンドルを握りました。

はるみがわからない②

日に日に圭三は、はるみの存在を忘れかけています。

「はるみは、居るか」

圭三は、大きな声で呼んでいます。

庭の花に水やりをしていたはるみは、あわてて家の中に入ります。

「お父さん、どうかしましたか」

「あっ。ちょうどよかった。はるみが、居ないんだよ」

「お父さん、何言っているんですか。私が、はるみですよ」

「あんたは、何を言っている。はるみが、居ないと言っているのに」

「だから、私がはるみですよ。わからないんですか」

「一度言ってやるよ。こんな奴、わけがわからないから、いらないと言うことにするよ」

はるみの事を介護士と思っているようです。

「お父さん、私の事、ほんとうにわからないんですか」

「あんたには、何を言ってもわからんよ。オレひとりで探しに行く」

いつものようにはるみは、圭三を追いつめていました。

「もうこの家には、居る事が出来ないから、今から出て行く」

「お父さん、何もわからないのに家を出てどうするつもりですか」

「ここは、住みにくいよ。オレは、おやじとおふくろが居た家に帰るよ」

「田舎まで、歩いて行くなんて、無理ですよ」

圭三は、はるみの手を離し、外に出て行きました。

はるみは、疲れはてていて、ふと魔が差しました。

(もういいわ。帰ってこなくても)

窓から、外を見ると、圭三は田舎道を歩いていません。

いつも散歩は、海に行きます。圭三が歩く姿が見えるのに今は見えません。

圭三はいつも散歩に行く時は、田んぼを見ながら農道を歩き、大きな川の堤防を歩き、大きな道を渡って海に行きます。

圭三が出て行くなら海の方なのに、見あたりません。

(お父さん、海に行かないんだ。どこに行くのかしら)

はるみは携帯を開き、長女に電話をかけていました。

「もしもし洋子《ようこ》」

「お母さん、どうしたの」

「今、お父さんが、家を出て行ったわ。私の事がわからないから、喧嘩になったの。お父さん、私を探しに行くって、もう帰ってこなくていいわ」

「私を探しに行くって、お母さんの事、忘れたの？」

「そうよ、はるみを探しに行くって」

「お母さん、追いかけなくていいの？」

「もう終わったのよ」

「何言っているのよ。後悔する事になるわよ。お母さんが追いかけないなら、私が、探しに行くわ」

はるみは、電話を切ると、落ちつかなくなり、車のキーを手に取り、車に乗り込みエンジンをかけていました。

(たしか先程は、お父さん、海と反対の方向に行ったはずだから)

少し車を走らせると、ヨロヨロと歩く、圭三の後ろ姿を見つけました。

(あっ、お父さんだわ)

路地を曲がるところでした。

はるみは、車を止めると、

「お父さん、車に乗って下さい」

圭三は、声をかけられ驚いた様子で、

「はるみ、どうしてここに居るんだ」

「お父さんを探していたんですよ」

「そうか、オレもはるみを探していたんだよ」

「そうだったんですね。ちょうどよかったわ。さあ、車に乗って下さい、家に帰りますよ」

「そうか、すまないな。家に送ってもらえるかな」

「何を他人行儀な、私、はるみですよ」

「……そ、そ、そうだったな」

圭三の頭の中は、記憶が戻ったり、失ったりを繰り返しているようです。


「洋子、何度もごめんなさいね」

「今、お父さん、見つかったから、家に帰るから」

「お母さん、よかったわね。私も安心した」

「ありがとう、心配かけて、今、車に乗せたから、家に帰るわ」

はるみは、圭三を車に乗せて家に帰りました。

家に着くと、

「今日は、良い天気だから、庭でお茶でも飲みますか」

「そうだな」

そしてはるみがお茶の用意をして、外に出ると、圭三は花に水やりをしています。

同じ花に何度も何度も、じょうろで、水やりをしています。

鉢が、水たまりになっています。

でも圭三には、見えないようです。わからないようです。

「お父さん、水やりは、それでもういいわ」

「後、すこしだから」

「お茶にしますよ」

暖かい日差しが、眩《まぶ》しいくらいです。

「良い天気ですね」

「あー。今日は、良い天気だ」

「さっきは、びっくりしたわ、お父さん、私の事、忘れていたんですもの。覚えている？」

「そうだったかな」

「お父さん、つい先程の事だったのに、もう忘れたの？」

「あ……。あ……」

（お父さん、ほんとうにすぐ忘れるのね。

追いかけてよかった。追いかけなかったら、大変な事になったわ。

洋子の言ったように後悔する事になったわ）

暖かい日差しに、はるみは、つい、うとうとと居眠りしていました。

はるみの夢　1

今日も夢の中の圭三は、はるみを探しています。

「はるみ、はるみは居るか」

「お父さん、私ならここに居ますよ」

目の前のはるみが見えません。圭三には、わかりません。

「はるみ、はるみ」

はるみの横を通り過ぎると、ふらふらとした足どりで歩いて行きました。

はるみは圭三の後を追いかけます。

はるみは、暑くて目覚めます。

汗が流れています。

（また、同じ夢だわ）

もう何日も何日も、同じ夢を見ています。

はるみの夢　2

（あら、また、いつもの景色だわ）

夢の中で、ぼんやり思っています。

「はるみ。はるみ。居るか」

（お父さんの声だわ、どこから聞こえるのかしら）

声は聞こえますが、圭三の姿は見えません。

「お父さん、どこに居るんですか」

はるみは、圭三を探しますが居ません。

「はるみ、はるみ、居るか」

はるみには、どこから声が聞こえるのか、わかりません。

近くで聞こえたかと思うと、遠くで聞こえたりと、はるみは、声に振り回されて、座り込みます。

「お父さん、どこに居るの」

圭三を呼びながら、蹲ってしまいました。

「お父さん」

はるみは、目を伝う涙で目が覚めました。

はるみの夢　3

「はるみ、どこに居る」

(また呼んでいるわ。ここは、どこかしら)

周りを見回しても、誰も居ません。

突然、目の前に圭三が現れます。

「君、はるみを知らないか」

「えっ。私、はるみですけど」

「同じ名前でも、オレの探しているはるみとは違うようだよ」

「なんで違うの」

はるみは、茫然として立ちつくします。

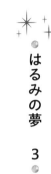

「君、頼みがあるんだ」

「何ですか」

「オレと一緒に、はるみを探してくれないか」

「えっ。一生探したって見つからないわよ。私がはるみだから」

「お願いだよ。探してくれ」

(私の事、誰だと思っているのよ)

夢の中で、はるみは、イライラします。

なぜか、イライラして、現実に引き戻されます。

はるみの夢　4

「はるみ。はるみ」

(また呼んでいるわ)

「お願いだ、探してくれないか」

(前に見た夢の続きなのかしら)

(そうだわ。私の事が、わからないなら、圭三に合わせようかしら)

「いいわよ、一緒に探しましょうか」

「ほんとうに助かったよ」

「いいえ、どういたしまして」

歩きながら、圭三は、嬉しそうに話します。

「オレとはるみは、昔、結婚したんだよ」

するとと突然悲しそうに、

「ずっと一緒に居たのに、はるみがどこかに行ってしまったんだよ。探しているけど、見つからないんだよ」

「そのはるみさんという人、いい人みたいですね」

「そうだよ。ほんとうに良い妻だったよ」

二人は、話しながら歩きます。

「ねえ、私、思うのだけど、はるみさん、旅行に行っているのでは」

「そうだ、そのような事、言っていた気がするよ」

(そんな事言った覚えはないのに、いいかげんね)

はるみは目覚めてから、ぼんやりと考えています。

（そうだわ、私の事、忘れたなら、他人になりすまして圭三の世話をしたらいいかも）

真夜中だというのに眠れなくて、ぼんやりと考えていました。

●もうひとりのはるみになる　1●

「はるみ、はるみ」

圭三は、朝早くから、はるみを呼んでいます。

「お父さん、何ですか」

「君に、お父さんと言われるのは変だろう」

「あっ、ごめんなさい」

「それより、はるみを知らないか」

（まただわ。夢の中と同じ情景だわ）

「あっ。はるみさん、今、出かけて行きましたよ」

「そうだったんだ。居ないから心配したんだよ。

出かけたならいいんだ。安心したよ」

「コーヒーでも、入れましょうか」

「そうだな。ありがとう」

はるみの入れたコーヒーを嬉しそうに飲みます。

「君が入れてくれたコーヒー、はるみの入れたコーヒーと同じ味がするよ」

「そうですか、それはよかったわ」

「オレは、コーヒーが、あまり好きではなくてね。

はるみと結婚してから飲むようになったんだ。

少し甘めのコーヒーを入れてくれるんだ」

「そうですか。それは、よかったです」

（ほんとうに、私ってわからないのね）


はるみは、圭三と過ごした月日を思い返します。

今日のように暖かい日は、よく外で二人でお茶した事を。

以前のように、はるみを覚えている圭三とコーヒーを飲む事は、もうないように思えてきました。

夢編

新しい日々

「ほんとうに暖かい日ですね」

「ほんとうだ、いい天気だな」

「君は、ほんとうに、はるみに似ているな」

「はるみさんって私みたいなんですか」

「そうだな。君にそっくりだよ」

夢の中の圭三は、はるみを探していません。

(どうしてお父さん、私を探していないのかしら)

圭三とはるみは、遥か遠い昔に出会った頃のような感じがします。

(もう一度、残り少ない日々を圭三と二人で、幸せな時を作っていこうかしら)

「そうなんですね」


「すまないな、もう一杯もらおうかな」

圭三のコーヒーのおかわりの声に、はるみは、目覚めます。

「あっ。待って下さいね、すぐ入れますから」

「寝ていたところ、起こしてすまないな」

はるみは、暖かい日差しの中で、寝てしまったようです。

「ごめんなさい。私、寝てしまったみたいね」

「夢を見ていたわ」

「楽しそうな夢だったようだね」

「あら。よくわかりますね」

「ふ、ふ、ふっ。と、笑っていたからね」

「お父さんと散歩する夢です」

「お父さんと呼ぶ呼び方も、はるみとそっくりだよ」

「そうですか」

（だって私が、はるみなんだもの）

もうひとりのはるみになる 2

「はるみ。はるみ」

夜中に圭三の声がします。

「どうしたの」

「はるみは、居るか」

「はるみさんは、今、出かけていますよ。急に用事が出来たらしくて、あわてて出て行きましたよ。圭三さんに、心配しなくていいからと伝えて下さいと言われていました」

「どこに行ったんだろうか」

「急いでいたので、聞けなかったんです」

「そうか。それならしかたないな」

「それより、どうかしましたか」

「さっき、兄貴から、電話が、かかっていたと思うんだよ」

「電話は鳴っていなかったから、たぶん、夢を見ていたのだと思いますよ」

「変だな。たしか電話がかかっていたんだけどな」

最近の圭三は、よく友人、兄弟からの電話がかかってきていると言います。

今では、携帯も使えず、充電もしてない為、携帯が鳴る事もないのです。

「たぶん、夢ですよ」

「……」

はるみは、圭三を落ちつかせて布団に寝かせます。

「ゆっくり休んで下さい」

「君、いつもすまないな」

「いいんですよ、おやすみなさい」

「あ……。あ、おやすみ」

はるみは、圭三の部屋のドアを閉めます。

もうひとりのはるみになる　3

「はるみ、はるみ」

圭三は、いつものように呼んでいます。

「あら、どうかしましたか」

「はるみが、居ないな」

「はるみさん、今、出かけていますよ。何か用事ですか」

「昼飯まだかな、と思って」

「あら、今、食べたところですよ」

「……」

「まだ、おなか、すいていますか」

「すいているよ」

（さっき、食べたのに、もう忘れたんだわ）

圭三は、何か食べ物がないか、探しています。

「一時間程、待ってもらえたら、マフィン焼きますけど」

「おう、そうか、何時間でも待つよ」

はるみは、米粉を量ります。

はるみは、グルテンを出さないようにする為、小麦粉を使わずに米粉を使います。

粉を量ります。涙が出ます。

（昼御飯、あんなに食べたのに、もう忘れたんだわ）

「今日は、コーヒー味のマフィンを焼くわね」

牛乳の中に、コーヒーの粉を入れて溶かします。

（コーヒーの粉が溶けるように、悲しみも溶けてしまえばいいのに……）

「うまそうだな。楽しみだよ」

オーブンの中で、マフィンの生地が膨らむのを見ていると、心が落ちついてきました。

「マフィンが膨らんできたわ、見る？」

はるみは、圭三を台所に招きます。

「おっ、すごい。膨らんでいるよ」

「もう少しで焼き上がりますよ」

「君は、ほんとうにはるみとよく似ているよ。

はるみも、お菓子を作るのが、好きなんだよ」

「そうなんですね」

お皿にマフィンを置き、コーヒーを入れます。

「うまいな。うまいよ」

圭三は、はるみの焼くお菓子が大好きです。

はるみの事を忘れていても、はるみの作るお菓子の味は、覚えているようです。

圭三は、嬉しそうに、マフィンを食べています。

(この幸せそうな表情は、ずっとこれから先も見る事が出来そうね。

私とお父さんをつないでいる糸は、お菓子ね。

圭三とつながっている幸せを感じています。

人の幸せの形は、いろいろだもの)

はるみと圭三の毎日

今日も暖かい日差しが、二人を包んでいます。

「コーヒーを入れますか」

「入れてもらおうか」

最近は、毎日お天気が良いです。

二人は毎日庭に出て、お茶を飲んでいます。

「今日も良いお天気ですね」

眩《まぶ》しすぎる太陽の光を浴びながら、圭三が話す声が途切れる事なく聞こえています。

圭三は、花に水やりをしています。

いつものように鉢には、水たまりが出来ています。

はるみは、コーヒーを入れ、二人で飲みます。

「お父さん、幸せですね」

●エピローグ●

「はるみは居るか」

「お父さん、何ですか」

最近の圭三は、はるみをわかっていないようです。

目の前に居るはるみをはるみと認めているようです。

たぶん、誰であっても、はるみと思うのでしょう。

ただ、はるみの名前だけは、忘れていないようです。

圭三は、散歩もしなくなり、足が弱ってきています。

歩くのが大変な為、最近は、寝ている時間が多くなりました。

「あっ。はるみか、喉が渇いたよ」

「お父さん、お茶を持ってくるわ」

圭三は、嬉しそうに、二階の部屋の窓から外を見ています。

「今日も、たくさんの人が、電柱に登っているよ」

ひとり言のように呟いています。

淋しい圭三は、友達を見るように嬉しそうです。

「お父さん、お茶ですよ」

「ありがとう」

「窓から何か見えますか」

「ほら、見てみろ、一〇人程居るよ」

「どこにですか」

「あそこだ」

圭三の見る先は、電柱です。

「電柱ですか」

「そうだ」

最近のはるみは、さからいません。

「お父さん、淋しくなくていいですね」

「皆、ガンバッテいるからな」

何もない電柱を見上げています。

「今日もいい日になりましたね」


圭三は、外に出る事も、旅行も、買い物も、忘れたかのようです。

一時間も外を見ていると、

「今日は、もう、疲れたよ」

「少し横になったら、どうです」

少し外を眺めた圭三は、満足そうに、布団に横になります。


（お父さん、私を探す事もなくなったし、こんな日々がこれから先、ずっと続くのね。

お父さんの目に、私の姿が映る日は、もうないのね）

あとがき

はじめまして。腰山ひとみと申します。

『あなたの目に私は映らない』。

この作品の登場人物である、圭三とはるみが出会い、幸せな日々を送る中で、少しずつ圭三の記憶が曖昧《あいまい》になっていきます。

夫、圭三を支える妻、はるみは、少しずつ変わっていく圭三に戸惑い、苦しみ、悲しみ、日々を生きていきます。

現実の生活の悲しみは、楽しい思い出の夢を見ることで救われます。

ところが少しずつ夢の中でも苦しみの夢を見るようになります。

現実と夢の中ではるみは、混乱していきます。

はるみは、苦しみの底まで落ちていきますが、夢によって新しい生き方を見つけます。

はるみは、圭三を見捨てる事なく支えて生きていこうと思います。

人生を生きている中には、パートナーの変化に苦しむ方も少なくないと思います。

少しでも、誰かの生きる力になったらと思い、書いてみました。

最後になりましたが、出版に至るまでに、本作品に携わってくださった文芸社の岩田様、編集者の西村様、他、全ての方々、本当にありがとうございました。

本を出版したいと日々願っていた私には、夢のような喜びで一杯です。

最後まで本を読み進めてくださったあなたへ、心より感謝申し上げます。

私の本が、より多くの人の手に取っていただける事を願っています。

腰山　ひとみ

この作品はフィクションであり、
実在の人物および国や団体とは一切関係ありません。

著者プロフィール
腰山 ひとみ（こしやま ひとみ）

三重県出身。

趣味はピアノ（ショパンの曲をはじめクラシック曲が好き）と読書（字を常に見ていたい）。

いろいろな事に興味を持つタイプで、最近では野菜作りをはじめて、採れた野菜でおばんざいを作っています。

胡蝶蘭が咲き終わり、植木鉢に植え替え、私の部屋で育てていました。２年ぶりに大きな蘭の花が咲き、嬉しく思っています。

あなたの目に私は映らない

2023年12月15日　初版第１刷発行

著　者　腰山 ひとみ
発行者　瓜谷 綱延
発行所　株式会社文芸社
〒160-0022　東京都新宿区新宿１－10－１
電話　03-5369-3060（代表）
03-5369-2299（販売）

印刷所　神谷印刷株式会社

ISBN978-4-286-24743-4